HALT!

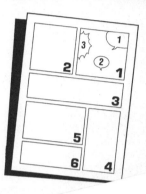

What's Your Dirty Fantasy

ist eine japanische Serie, die originalgetreu von »hinten« nach »vorne« und von rechts nach links gelesen wird! Schlagt das Buch also »hinten« auf und blättert Seite für Seite nach »vorne« weiter!
Auch die Bilder und Sprechblasen werden von rechts oben nach links unten gelesen, wie es in der Grafik gezeigt wird! HAYABUSA wünscht gute Unterhaltung!

HAYABUSA
© Carlsen Verlag GmbH · Hamburg 2021
Aus dem Japanischen von Dorothea Überall
MOUSOU WO GENJITSU NI SURU HOUHOU
© Machiko Sugihara 2019
First published in Japan in 2019 by KADOKAWA CORPORATION, Tokyo.
German translation rights arranged with KADOKAWA CORPORATION, Tokyo. through TOHAN CORPORATION, Tokyo.
Redaktion: Germann Bergmann
Herstellung: Maria Niemann
Alle deutschen Rechte vorbehalten.
ISBN: 978-3-551-62019-4

PLAY WITH THE FALCON
www.hayabusa-manga.de
www.carlsen.de
hayabusa_manga
HayabusaTweets

Unser Versprechen für mehr Nachhaltigkeit
- Klimaneutrales Produkt
- Papiere aus nachhaltiger Waldwirtschaft
- Hergestellt in Europa

BOYS LOVE

Sayonara Red Beryl *von Atami Michinoku*

Japan im Jahr 1968: Nachdem der Vampir Kazushige ihm das Leben gerettet hat, fühlt Akihiko sich immer wieder zu dem mysteriösen Mann hingezogen. Noch nie hat er so intensive Gefühle für jemanden empfunden…

Midnight Delivery Sex *von Neneko Narazaki*

Der begehrte Nachtclub-Host Masafumi landet regelmäßig mit seinen Kundinnen im Bett – doch Spaß hat er daran schon länger nicht mehr. Mit dem Callboy Ryo lernt er eine ganz neue Art von Lust kennen… die Nächte in Tokyo werden heiß!

I Didn't Mean to Fall in Love *von Minta Suzumaru*

Erst zu seinem 30. Geburtstag traut sich ein attraktiver Geschäftsmann, in einer Schwulenbar erste sexuelle Erfahrungen zu sammeln. Doch er hat nicht damit gerechnet, dass der forsche Student Rou sein Herz erobern würde…

Ich will dich heute Nacht! *von Takiba*

Nach einem längeren Auslandsaufenthalt kehrt Kanzaki in seine alte Firma zurück und trifft dort auf einen neuen Mitarbeiter, der seinem alten Liebhaber wie aus dem Gesicht geschnitten ist. Zufall oder Schicksal?

hayabusa_manga

BEI HAYABUSA

Du kannst mir nicht widerstehen *von Mataaki Kureno*

Der attraktive und gut gebaute Nitta führt ein ziemlich unaufgeregtes Leben, bis plötzlich Mikajima, ein Scout für Schwulenpornos, auf ihn aufmerksam wird. Kann Nitta den dreisten Annäherungsversuchen des gewieften Scouts widerstehen?

Tease me or Love me *von Noriko Kihara*

Der Privatdetektiv Asuna entdeckt ein kleines Café, dessen Besitzer Kiyoshi ihn sofort mit seiner ruppigen, aber auch sehr charmanten Art in seinen Bann zieht. Der Beginn einer knisternden Affäre...

Love and let die *von Sai Asai*

Die beiden knallharten Yakuzas Odajima und Kataoka befinden sich auf einer blutigen Mission, die einen völlig anderen Verlauf nimmt, als beide erwarteten. Ein Roadtrip, auf dem die Profigangster auf die Probe gestellt werden.

What's Your Dirty Fantasy? *von Machiko Sugihara*

Aobas erotischer Einfallsreichtum kennt kaum Grenzen. Mit seinem Freund Miya hat er einen Partner an seiner Seite, der nur zu gern seine kreativen und schmutzigen Fantasien teilt.

www.hayabusa-manga.de

W...Was antworte ich ihm...?

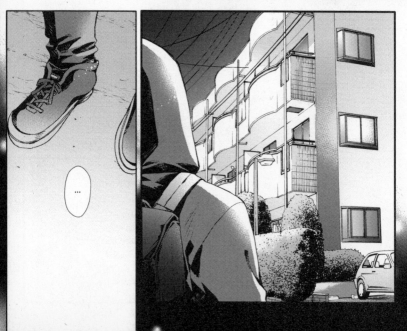

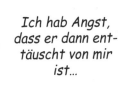

Ich hab Angst, dass er dann enttäuscht von mir ist...

Sicher?

Die Frage ist nur...

... wie lange ich das noch vor ihm verbergen kann...?

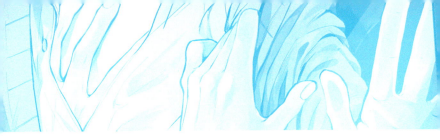

Inhalt

What's Your Dirty Fantasy?

Machiko Sugihara
Aus dem Japanischen von Dorothea Überall

Fantasy 1
003

Fantasy 2
037

Fantasy 3
073

Fantasy 4
109

Fantasy 5
137

Fantasy 5.5
153